मेरी कविताओं में भी अगर तुम्हें वेदना न सुनेगी
तो बताओ फिर तुम मेरी प्रतिछाया कहाँ पाओगे?

दुःख के दो दिन

वैशाली

BlueRose ONE.com
Stories Matter
NewDelhi • London

BLUEROSE PUBLISHERS
India | U.K.

Copyright © Vaishali 2024

All rights reserved by author. No part of this publication may be reproduced, stored in a retrieval system or transmitted in any form or by any means, electronic, mechanical, photocopying, recording or otherwise, without the prior permission of the author. Although every precaution has been taken to verify the accuracy of the information contained herein, the publisher assumes no responsibility for any errors or omissions. No liability is assumed for damages that may result from the use of information contained within.

BlueRose Publishers takes no responsibility for any damages, losses, or liabilities that may arise from the use or misuse of the information, products, or services provided in this publication.

For permissions requests or inquiries regarding this publication, please contact:

BLUEROSE PUBLISHERS
www.BlueRoseONE.com
info@bluerosepublishers.com
+91 8882 898 898
+4407342408967

ISBN: 978-93-5989-026-5

Cover design: Shivam
Typesetting: Namrata Saini

First Edition: July 2024

मेरा आत्मानुभूत सत्य

'दुःख के दो दिन' मेरा पहला कविता संग्रह है. अपनी कविताओं को पुस्तककार रूप में लाना एक बड़ा साहसिक कार्य है. इससे पूर्व मैं कितना ही कुछ लिखती रही जो यहाँ-वहाँ बिखरा रहा है. मेरी कितनी ही डायरी ऐसी हैं जिनमें अभी भी ऐसी सामग्री लिखी पड़ी है जिनको सुधार कर के पुनः एक नया काव्य संकलन तैयार हो सकता है. लेकिन जैसा मैंने कहा कि अपने लिखे हुए को एक किताब में पाठकों के बीच रख पाना एक बड़ा साहसिक कार्य होता है. पिछले एक वर्ष में मुझमें यह साहस कहाँ से आया मैं नहीं जानती. मुझे हमेशा से लगता रहा कि मेरा लिखा हुआ शायद उस स्तर का नहीं है जिसे पुस्तक के रूप में लाया जा सके. लेकिन मैं एक बात हमेशा से जानती थी कि मैं सीधा सपाट लिख के भी गहरा लिख सकती हूँ. मुझमें अपनी कविताओं को पुस्तक रूप में ले आने का साहस और आत्मविश्वास मेरे आसपास के लोगों ने मुझे दिया. मेरी कविताओं की स्पष्ट आलोचना करने में और मुझे आगे बेहतर लिखने को प्रेरित करने में मेरी 'माँ' का एक बड़ा योगदान है. सच कहूँ तो मुझमें अपनी किताब प्रकाशित करवाने का पूरा आत्मविश्वास उन्हीं का ही दिया है. मेरी 'माँ' वो पहली व्यक्ति थीं जिन्होंने मुझे कहा था कि मैं ऐसे ही लिखती रहूँ और अपनी किताब प्रकाशित करवाऊं. शायद मेरी कविताओं को उनसे बेहतर समीक्षक और एक पाठक मिल ही नहीं सकता. मेरा लिखा हुआ जितना सीधा सरल भाषा में होता था, वह उतना ही ज्यादा पढने वालों को आकर्षित किया करता. मैंने कभी खुद को एक अच्छा कवि नहीं माना. पर हाँ, अपनी भावाव्यिक्ति के प्रति मैं हमेशा से भी सचेत रही. एक अच्छा

कवि कैसा होता है यह आकलन भले ही मेरे पास न हो पर हाँ मैं अपने लिखे हुए से एक साधारण से साधारण पाठक की संवदेनाओं को शब्दांकित कर सकूँ यही मेरे लिए संतोष का विषय रहा है. लिखने का सुख यही है कि एक लेखक का लिखा हुआ, जिसमें वह अपना भोगा हुआ यथार्थ तो लिखे पर उसका वह लिखा हुआ अनगिनत पाठकों के मर्म को स्पर्श करे. ऐसा होने पर ही किसी भी लेखक के लिखे हुए को सफल लेखन माना जायेगा. हमारे लेखन की स्तरीयता की कसौटी क्या है यह तो आज के आलोचक ही जानें. किन्हीं नकारात्मक विचारों से घबराकर अपनी क्षमता पर संदेह करना अपने अंदर की सकारात्मक ऊर्जा और ईश्वरीय शक्ति को नकारने जैसा है. फिर काव्य प्रतिभा या लेखन कौशल तो स्वयं 'माँ शारदे' की कृपा से ही संभव है. मैं अपने लिखे हुए से जन-जन की पीड़ा तक पहुँच सकूँ, अनकहे को वाणी दे सकूँ, कुछ ऐसा लिख सकूँ जो कि वर्षों के बाद भी साधारण जन के लिए प्रासंगिक रहे, यही मेरी काव्य प्रतिभा की सबसे बड़ी परीक्षा होगी.

आज 4 नवंबर, २०२३ को अपनी 'माँ' की प्रथम पुण्यतिथि पर मैं अपना पहला काव्य संकलन उनके श्री चरणों में अर्पित करती हूँ. मेरी माँ के मुझमें जगाये हुए आत्मविश्वास, उनके स्नेह, उनके संस्कार और मुझे लेकर उनके जो भी सपने थे, उन सभी के प्रति नतमस्तक होते हुए यह काव्य संकलन उनके प्रति मेरी अपार श्रद्धा और प्रेम अर्पण का मेरा प्रथम प्रयास है. माँ का आभार या ऋण चुका पाना हम साधारण प्राणियों के बस की बात नहीं हो सकती. माँ तो माँ होती हैं. माँ हमारे साथ प्रत्यक्ष रूप से रहें न रहें पर उनके व्यक्तित्व की झलक उनके बच्चों में सदा विद्यमान रहती है.

अपने पहले काव्य संकलन 'दुःख के दो दिन' की आधारभूत प्रेरणा अपनी 'माँ' को स्मरण में रखते हुए मैं वैशाली अपना प्रथम लेखकीय प्रयास आप सभी के समक्ष रखती हूँ.

आशा है मेरा लिखा हुआ उन सभी की संवदेनाओं को उकेर सकेगा जिन्होंने स्वयं ही अपने अंधकार से प्रकाश तक की यात्रा को संभव किया है, जो मेरी ही तरह गहन वेदना से उपजे जीवन सत्य को अर्जित कर अपनी कर्म यात्रा को प्रशस्त कर रहे हैं.

वैशाली

1)

कितना चुनौतीपूर्ण होता है
खुद को थामे रखना
विपरीत से विपरीत स्थितियों
मनः स्थितियों के आगे न झुकना,
कितना मुश्किल होता है जीवन
और खुद को सोचते रहने से रोकना।

2)

हर दिन एक ही अभ्यास,
व्यर्थ का जटिलता बोध
स्वयं पर हीनता का आक्षेप
मैं क्यों जीता हूँ ?
जबकि मेरे अधिकार में
तो कुछ भी नहीं !

3)

विवशताएं कितनी असभ्य होती हैं
अनापेक्षित कारणों से जन्म लेकर
व्यक्ति के लिए उतरोत्तर ह्रास, दुःख और
चिंता का कारण ही बनती हैं !

4)

मैंने अपने डर से आँख मिलाई है
कितनी ही असाधारण स्थितियों में
मेरा धैर्य बना रहा
मैंने वह सब जिया
जो मेरे लिए अकल्पनीय था
इस तरह मेरा जीवन रहा
इस तरह मैं जीता रहा।

5)

कठिन होता है अपने डर का सामना करना
कठिन होता है किसी बिंदु से उबर पाना,
वह बिंदु जो प्रतिपल हमें एहसास कराए
जीवन की असभ्य...
अप्रत्याशित...
घटनाओं की भयावहता का !

6)

हम कभी किसी से कहाँ ही डरते हैं,
बस मन में ही सोचते हैं कितनी बातें
लेकिन तब भी चुप ही रहते हैं,
कितनी ही प्रत्याशित घड़ियाँ
हमारी चुप्पी के आगे बेबस पड़ी
छूटती रहती हैं हमारे ही हाथों से,
एक तरफ हमारी विवशताएं, छटपटाहट रह जाती हैं
बस हमारे भीतर- सदा एक सी !

7)

दुर्जेय सत्य के आभासों से मैं घबराया
भटकता हूँ कहाँ-कहाँ ?
निर्जनता से आहत
तप्त आसक्त अपनी कामनाओं से,
हे प्रभु मुक्ति दो !

8)

तुम और मैं......
कितनी भिन्न,
कितनी असमानताएं
परस्पर विभेदों का अलगाव
पर
एक बिंदु पर आकर
हम समान हो आए,
तुम्हारे विपरीत मेरे अनुकूल ढल आए,
तुम्हारे चले जाने से मैंने जाने
विभिन्नताओं में भी
एकमत हो जाने
के चलन !

९)

परस्पर भिन्नताओं से लड़ते-लड़ते
गुज़रता रहा जीवन
चूकता रहा वह सभी कुछ
जो हमेशा से हमारा था
'हम' से 'हम' ही टूटता रहा
बिखर कर बचे
'मैं' और 'तुम'
हाय ! ये कैसा दुर्बल जीवन !

10)

एक दिन अपने हर दुःख पर भरपूर रो
लेने के बाद, मैंने एक भी आँसू
अपने पास बचने न दिया,
फिर न जाने क्यों ?
खुशी के पल में भी
कहाँ से एक नया आँसू
आँख से छलक आया !

11)

मैंने कब चाहा प्रत्याशित दुःख
मैं फलता फूलता रहा सुख की
छाँव में हमेशा,
आज दुःख का एक कतरा फिर क्यों मुझे भारी लगे ?

12)

संतप्त हृदय
वेदना ही वेदना
एकांत में तुम
'शून्य ब्रह्म' ।

13)

एक रात मैंने खिड़की खुली छोड़ दी और सोचा,
देखूं तो मेरे भीतर कहाँ से दुःख का
एक कतरा रात के अँधेरे में दबे पाँव उतर आता है ?
हर बार रात में ही क्यों मेरी आँखों से ढुलक पड़ता है एक आँसू....
क्यों मैं दिन भर अपने से
बाहर होकर रात में ही अपने भीतर
उतर आता हूँ ?
चारों तरफ से खुद को बंद
रखकर भी न जाने वो कौन सी सीढ़ी है
जिसके सहारे दुःख का वो एक कतरा
मेरे भीतर के शोर में रात में ही उछाल मारता है !
कितना सोचा कि आज तो देख के चोर को पकड़ ही लूँगा
पर पूरी रात चौकन्ने रहने के बाद भी हाथ कुछ न आया
हाय ! सुबह जो हल्की नींद आँख में आई
तब ज़रूर अपना तकिया मैंने नमकीन पानी से भीगा हुआ पाया... !!

14)

पानी पर उठे बुलबुलों के
गुम हो जाने तक,
मैं खुद को ढूँढता हुआ सा
जाने कहाँ भटक जाता हूँ ?

15)

कितनी ही सीमाओं के
टूटने चटखने में
पुनर्जीवित होती
गई कितनी ही
अंतिम स्वासें,
लघुता के आगे विराट
का अस्तित्व...
आशा, अपेक्षा और क्या ???

16)

कई राहों में एक राह वह भी होगी
जो तुम तक जाएगी,
मैं उसी राह पर चलकर
लौट आऊंगी एक दिन बिना तुम से मिले,
इस तरह पूरा होगा मन का
एक चक्र,
प्रतीक्षा करता हुआ मन
इस तरह जीएगा
अन्तिम क्षण पाकर
सुख के...
यात्रा के...
और
वियोग से जन्में
संयोग के उन्माद भरे क्षण में।

17)

मन जिस आँच पर पका
धीमे-धीमे चटखती कितनी लकीरें,
रेखाएं भविष्य की ?
सब कुछ उलट-पलटकर भी
नहीं मिलती एक भी राह ऐसी
जो मुझे तुम तक ले आए !
अस्थिर मन से तुम्हें ही
पुकारती हूँ.... ओ देव !

18)

अपनी हथेली की रेखाओं को कितनी ही बार
कुरेदा-
देखा-
सोचा-
कहाँ है वो रेखा
जिसमें तुम्हारा मुझे छोड़कर चले जाना
लिखा था..... ?

19)

समझ नहीं आता
मैं रोऊँ, चिल्लाऊँ, या कुछ
ऐसा कर जाऊँ
कि निकाल फेंकू
अपने भीतर का सारा
गुबार,
गुस्सा या कि रोना
या खुद में ही घुटते रहना का असहायपन
ओ देव मैं तुझे पाऊं कहाँ ?

20)

मैं जिऊंगा उस प्यार में,
जो तुमने मुझे दिया
उस साहस से,
जो तुमने मुझमें भरा,
जीवन जगत के बीहड़ सुनसानों में
बनोगी तुम ही शक्ति
प्रेरणा सदा
ओ मेरी माँ।

21)

और एक दिन
किसी की याद में बहने वाले
आँसू
खुद-ब-खुद
सीखते जाते हैं
धीमे रिसना,
जैसे घाव सूखता है
समय के साथ
वैसे ही वेदना की तरलता
पिघलती जाती है
समय के साथ।

22)

यहाँ कौन किसी के लिए रुकता है ?
मैं न तुम
न वो
न हम
केवल रूकती है तो हमारी
सोच,
भीषण दवाबों में
सोचने या समझ पाने की
गति मंथर हो भी जाए लेकिन....
जीवन तो फिर भी कभी नहीं
रूकता है।

23)

अपने लिख पाने की स्वानुभूति
से मुझे अदम्य साहस मिला
कि मैं
अपने निजीपन में भी
संसार से विमुख
न रहूँ
मेरा लिखा प्रतिध्वनित करे
वह सब जो नितांत गोपनीय
या निजी होकर भी
सबका हो।

24)

घटनाएं कितनी सहजता से
अपने घटित होने का दिन, मास,
समय चुन लेती हैं तटस्थ होकर
उनके लिए मायने नहीं रखती हैं
व्यक्ति की उम्मीदें या अपेक्षाएं
वह दरकिनार कर देती हैं,
व्यक्ति की आस को,
अंत में घटना घटित होने के बाद
केवल व्यक्ति बचता है
अपने में टूटा बिखरा
और ये कहता हुआ कि
'ये सही समय न था' ।

25)

उम्मीद पाने की एक छुटपुट
आस में
मैंने हर सबक जल्द से जल्द
खुद में सीख लिया,
{सहज, स्वीकार्य, यथार्थता, तटस्थता, सत्यता}
मैंने सोचा कि समय के साथ मैं बदलता जाऊँगा
पर मेरे मन की एक
झिड़ी में से पुराने वाले मैं
का सभी कुछ झर-झर
आता रहा-
यदा--कदा,
जैसे सर्दी की ठंडी हवा
ठिठुरा जाती है बदन
मेरा पुराना, "मैं" कँपकँपाता रहा मुझे
जब-तब
और मैं हर तरह से सरल,
सपाट, सीधा होकर भी कहीं किन्हीं मायनों
में टूटा बिखरा ही बना रहा
हमेशा के लिए 'पुराना' सा शायद !

26)

मैं बिखरूंगी भी तो इस तरह
कि मेरे छिन्न-भिन्न हुए
कणों से भी हो सकेगा
पुनः सृजन
मेरी समकेन्द्रित ऊर्जा
विभाजित होकर भी
कर सकेगी
नव संचार
नित नूतन परिवेश
में ढलकर प्रत्येक कण
लिख सकेगा नवनिर्माण की
कथा,
मैं बिखरूंगी भी तो इस तरह कि
सूर्य की किरणें जब अंधकार को
चीरती हुईं पड़ेंगी एकाएक
उस अजन्मी अबोध बालिका के मुख पर
मेरा ही तेज, मेरा ही गर्व
मेरा समप्राण
उसमें दिखेगा, खिलेगा, लिखेगा
इस संसार में पुनः
एक विराट बाहुबलनी की कथा
पुनः मेरी ही प्रकाशित
दीप्त ऊर्जा से
बुझ चुके देह से
फूटेगा अंकुर
नव जीवन का।

27)

मैं मन के एक कोने में
अपना एक ऐसा 'निजी' सुरक्षित रखूँगा
जो वर्षों बाद भी
मेरा ही कहलाया जा सके !

28)

अगर ऐसा है तो ऐसा क्यों है ?
पीड़ा में लिखना
या लिखने में पीड़ा है ?
मैं लिखती हूँ क्योंकि मुझमें वेदना है,
या मैं वेदना में हूँ इसलिए लिखती हूँ ?
कैसा अजीब प्रश्न है ये ....
स्त्री की हालत वेदना है
या उसके हालात लिखवाते हैं उससे
क्योंकि उसमें वेदना है ?

दुःख के दो दिन

29)

कोई दिन ऐसा भी होगा
जब शक्ति सामर्थ्य की हर सीमा
छोटी जान पड़ेगी,
भीतर से उठ न पाने की कसक
जिस्म को घायल करेगी,
उस कसक से मैं अनजाने ही
इतना लहुलहान महसूस करूँगा
कि कोई शब्द मेरे मन और मेरी
व्यथा का उपचार न कर सकेंगे !

मैं सब कोणों से सोच समझकर
निष्कर्षों पर आकर थका सा हो जाऊँगा,
उपाय, समाधान सब उपहास बन पड़ेंगे,
मुझसे भी बड़ी, मेरी वेदना हो जाएगी,
मैं लघु होते-होते पृथ्वी के किस
अणु में सिमटकर रह जाऊंगा
यह कोई जान न सकेगा !

कोई दिन ऐसा भी होगा
जब मेरा अस्तित्व मेरी पीड़ा से
बहुत छुटपुटा होगा,
मैं कहीं शेष न रहूँगा
केवल मेरी वेदना लहकेगी,
समुद्र मंथन में पाई किसी मणि की तरह
मेरे दुःख की छाया
मुझसे भी विशाल सृजन का आधार बनेगी,
मैं सुरक्षित रहूँगा अपने घावों में भी
यह संसार की एक दुर्लभ घटना कहलाएगी !

30)

मेरी यात्रा तो देखो
कहाँ से होती
कहाँ आई हूँ
असीमित संघर्षों से जूझते
आँसुओं को आँख में ही सोखते
छिले-फटे तलवों से भी गिरते-संभलते
हर क्षण अपने दम पर हौंसला रखते
और तुम कहते हो
मैं गर्व न करूँ ?
स्व-विस्मृत न रहूँ ?
साथ कौन था मेरे
ये क्या जाना तुमने !
ईश्वर की हठीली प्रेमिका न बनूँ तो
और क्या बनूँ ?
स्वं में रमती हुई
स्वयं सिद्धा हूँ मैं
सिर्फ उसके प्रति नतमस्तक
जिसने मुझे थामा
जब कोई न था पास
बस एक वह था,
मेरा 'देव' !

31)

मैं कर्तव्यपरायण

अकर्मण्य

परन्तु फिर भी स्वतंत्र

असीम

विस्तृत

मैं बंधी भी

खुली भी

धीमी पर परों पर उड़ती हुई

मुझे जान सकोगे क्या तुम ?

मेरी जगह तो आकर देखो कभी !

दुःख के दो दिन

32)

छोटा सा हृदय,
मुट्ठी भर खुशी
चुटकी भर आशा
थोड़े-थोड़े में
हँसता, उछलता, गीत
गुनगुनाता मन,
लेकिन जब दुःख आन पड़ता
तब न जाने कहां से
उसी छोटे से हृदय में
वेदना का झर-झर
झरना झर पड़ता
तब मैं सोचता कि
यही छोटा सा हृदय
कौन से कोने में
असंख्य चोटिल पलों की
पीड़ा सहेजे रखता है,
एक भी चोट जो दब जाती है
पता नहीं बाकी सारे घावों का दर्द भी तभी कैसे उभर आता है ?

ओ छोटे से हृदय
तुझे सुख की अपेक्षा दुःख ही
क्यों अधिक सुहाता है ?

33)

क्या नियत था
क्या नहीं
ओ मेरे ईश्वर !
क्या बताऊं
क्या छिपाऊं तुझसे
कोई ओट न रही
मुझमें और मेरी पीड़ा में

तू ही कोई आड़ बची रहने देता
देव,
मैं चाहे इतनी दुर्बल न सही
तेरी दृष्टि में...
पर हूँ तो साधारण ही इस संसार में
फिर क्यों तूने असाधारण
परीक्षा के लिए मुझे ही चुना ?

ओ मेरे देव !
कुछ तो जवाब दे,
कभी तो प्रत्यक्ष बन
मेरी शंका हर !

34)

मैंने कितना कुछ पाया
फिर भी दुःख का एक कण
जीवन को छाता गया
क्यों मैं खुद अपने आप से ही कभी आगे न
बढ़ पाया ?

35)

मैं एक दिन मिलूँगी तुमसे
दूधिया रोशनी के टिमटिमाते
उजाले में नहाई,
चकाचौंध से सराबोर होगा
यहाँ-वहाँ सभी कुछ,
मुझे गले लगा लेना तुम
बिना मुझसे कुछ भी पूछे
बस चेहरा पढ़ लेना मेरा
अपनी गोद में बिठा लेना मुझे कि जैसे तुम्हारी बच्ची
आई हो ऐसे कितनी यात्रा तय कर
थकी नींद में चूर
तुम्हारी ही आस में – ओ माँ !

36)

मेरी पीड़ा की गहनता का प्रमाण
मेरी कविता ही तो बनेगी,
मेरी सहयात्री
मेरी सहभोगी
सरल शब्दों वाली प्यारी
ओ कविता।

37)

क्यों सब पूरा होकर भी पूरा नहीं
क्या ये जो सूनापन है,
जो खाली है भीतर कुछ
ये तुम ही तो नहीं ?
मैं अक्सर अकेले में खुद से पूछा करता हूँ,
यहाँ मैं अकेला हूँ
साथ तू क्यों नहीं ?

38)

दया खाए ये संसार मुझ पर क्यों ?
ईश्वर की निष्ठुरता
मैं भोगूँगी अकेले ही।

दुःख के दो दिन

39)

पीड़ा से उपजता स्वाभिमान है
मैं अपने दुःख में भी सुखी हूँ
संसार की व्यर्थ करूणा मेरे किस काम की ?

40)

क्या रहा साधारण
कुछ भी तो नहीं
क्या रहा सरल
कुछ भी तो नहीं !

41)

संघात के उन अनंत क्षणों में
मैंने पाया,
कहीं कुछ भी नहीं अप्राप्य
केवल अतृप्त कामनाओं के।

42)

जीवन की यांत्रिकताओं ने
पल भर ठहरने का इतना मौका भी न दिया कि
मैं एक घड़ी अपने अवसादों और तनावों को
जान सकता,
पहचान पाता खुद को,
कि मैं कैसा था,
क्या हुआ
क्यों हुआ
कब हुआ
किस तरह हुआ !

43)

कितना कुछ ठहरा हुआ
रूका हुआ है भीतर
जैसे कीट का खाया पत्ता
डाल से जुड़ा तो हो
पर अधखाया
हाल बेचारा,
न डाली से झड़ता है
न पनपता है,
बस अधमरी सी हालत में
बेबस रहता है अपनी ही जगह
बहावों के आने-जाने से
थोड़ा हिलता तो है
वरन् एक ही जगह रहता है
अधमृत सूखा बेजान सा
बिल्कुल मेरी ही तरह !

44)

बारिश में भीगना, खेलना छपक-छपक
यही तो है सुख जीवन का
महसूस कर पाना एक-एक बूँद को,
तर एहसास को
जो मन में घुमड़ता है,
पानी में भीगना....
खेलना और करना छपक-छपक
बारिश से मोह लेना खुद को
मेरी सहज महत्वकांक्षा है इस जीवन से,
हे ईश्वर- मेरी इस इच्छा की पूर्ति
करना सदा... ।

45)

जीवन में कितने विराम चिह्न लगे
पर मैं रूका नहीं,
अटका हर प्रश्न पर
लेकिन कहीं थमा नहीं,
पूर्णतः की खोज में
बीत जाएगा ये जीवन
मैं रहूँगा ऐसा ही
भटका-भटका, लेकिन कहीं अधिक
व्यवस्थित, बिखरा नहीं
बल्कि अधिक सुव्यवस्थित !

46)

स्वयं पर गर्व किस बात का ?
सब तुम्हें ही तो अर्पण है
तुमसे ही लिया सब
तुम्हीं को मेरा समर्पण है
दर्प अभिमान या
मिथ्या जगत की माया है
मेरा मुझ में है ही क्या ?
सब तुझ को ही अर्पण है।

47)

वही गीत, वही बोल
मेरी ज़ुबान पर आ जाते हैं,
मैं जब-जब सब से दूर
पर तुम्हारे पास होती हूँ,
तुम्हारे ही चुने दर्द के गीत
मेरे लब गुनगुनाते हैं,
और मैं अक्सर यही सोचती हूँ
कहीं तुम्हारा छोड़ा हुआ दर्द
मेरे हिस्से तो नहीं आ पड़ा है ?

48)

मैं तुमसे अलग होकर भी
तुम्हारी ही तरह क्यों बनना चाहती हूँ
चाहते या न चाहते हुए भी
खुद को हुबहू तुम सा ही क्यों पाती हूँ
चेहरा न सही पर हाव-भाव से
फिर भी सारी की सारी मैं
तुम सी क्यों हूँ
ओ माँ ?

49)

फिर वही बारिश
और तुम्हारी याद !
वो आखिरी बारिश
जो देखी तुम्हारे साथ
तब से हर बारिश
बीती जैसे अंधेरी काली
रात,
ओ मेरे दीप,
मेरे मन के उजियारे
कहां गए तुम
छोड़ मुझे अकेला।

50)

एक-एक कर
कितने दिन बीते
दुःख जो तब था
है अभी भी वैसा ही
अंतर बस इतना आया
पहले स्पष्ट था हर हाव-भाव में
अब ऐसा है कि कोई ढूंढ-ढूंढ के हार जाए !

51)

दुःख के दिनों में सुखों की चाह थी
अब सुख के दिनों में भी
दुखों को याद किए जाता हूँ।

52)

दुःख की भाषा सीधी सपाट रही
जबकि सुख तुकबंदियों और
लय में पिरोकर
गीतों में ढलता रहा।

53)

किसी भी दुःख से उबरने के लिए जरूरी है
उस दुःख से व्यापी रिक्तताओं से आगे बढ़कर जीना सीखना
अपने डर को अपनी हिम्मत बना लेना,
निरंतर यह सोचना कि
दुनिया हमारे दुःख से कहीं ज्यादा है
कहीं किसी कोने में शायद कोई हमसे भी ज्यादा रोया है
कहीं कोई व्यक्ति शायद हमसे भी ज्यादा अकेला है
कहीं कोई व्यक्ति शायद हमसे भी ज्यादा निरुपाय है !

54)

मन अगर ठीक
तो जीवन की अस्त-व्यस्तता भी
'निश्चिंतता-उन्मुक्तता'
जो मन ही अगर ठीक नहीं
तो जीवन के सारे व्यवस्थित क्रम भी
व्यर्थ-बेमानी !
मैंने अक्सर मन को ठीक रखने के लिए
व्यवस्थित जीवन को भी अस्त-व्यस्त किया,
पर मन को व्यवस्थित करने के क्रम में जीवन ही सारा चूक गया !

55)

मेरी कहनी को मेरा पूरा सच न मानो,
मेरा आत्मालाप मेरी कहनी में न होकर
मेरी कविता में है !

56)

कैसा आत्मसंयम है
मैं हंसती आँखों से रो देता हूँ
तो कभी रोते हुए मुस्कुरा दिया करता हूँ
ये भी सच है कि मैंने कभी खुद को नहीं बाँधा
पर अनजाने में ही एक मज़बूरी मुझे जकड़ लिया करती है
मैं तब बेबस होकर अपने मन को आइना नहीं दिखा पाता हूँ
मैं अक्सर भावुक क्षणों में घबरा जाता हूँ,
मैं ऐसे में चौकन्ना हो जाता हूँ
कहीं जो मेरे मन में है
भरे प्याले से छलक आया तो ?
मैं सिमट कर ही खुद ही में खुश
और खुद में ही दुखी हूँ
जो हूँ
जैसा हूँ
मैं बस खुद ही में हूँ !

57)

मैं कवि

या

मैं चित्रकार ?

देखो तो इधर

मैंने ब्रश के गंदले-मटमैले पानी से ही चित्रकारी कर डाली

मैंने वह सब अपनी कविता में लिख डाला

जो मेरे भीतर कई सौ घड़ियों के अंतराल से जमा रहा,

जो मैंने कभी किसी से न कहा

वो अनकहा इधर मेरी कविता में उड़ल आया,

मेरे शोकगीतों की परिकल्पना का

गंदला-मटमैला रंग भी कविता में ढलकर जैसे खिल आया,

उधर कविता के शौकीनों को भी भाया मेरा करुण विलाप

अहा ! कितना विचित्र प्रसंग हुआ ये

जब श्रृंगार या हास्य से अधिक करुण ने कहीं विस्तार पाया ।

58)

यदि मैं अपने शोक संचित हृदय से
कभी जता सकूँ अपने करुण वृंदगान
तो हे कविता – मैं तब तुम्हारा ही वरण करूँगी !

59

मुरझाए फूल खिलते नहीं कभी
प्रेम, संवेदना, उल्लास और जीवंतता खोता व्यक्ति,
यांत्रिकता की ओर बेमर्ज़ी से मुड़ा व्यक्ति
वापिस पाना भी चाहे अगर मन की सुलभ इच्छाओं को....
या सहज भावनाओं को
तब भी वह बंजर उपवन की तरह लिए रहता है केवल एक शुष्क सा
मन...
शुष्क भाव और शुष्क जीवन
(धीरे-धीरे उत्तरोत्तर कटाव और खोखलेपन का एहसास)।

60)

जीवन में सभी कुछ अनिश्चित है
लेकिन फिर भी हम जीते हैं
क्योंकि जीवन एक सार्वकालिक क्रिया है
जिसके अकर्मक या सकर्मक होने में कोई भेद नहीं।

61)

खुद से ही दूर हो जाने की कसक क्या है
ये उस लेखक से पूछो
जो लिखने तो बैठा
मगर कुछ लिख न पाया।

62)

हैरत है !
आसपास सभी कुछ
'यथावत्-यथास्थान' है
केवल एक मैं हूँ
आता-जाता, यहाँ तो वहाँ
कभी खोया-पाया
गुमसुम तो कभी चहकता
बदला-बदला कितनी ही बार हूँ
कहाँ-कहाँ से घूमता-फिरता
'यथावत्-यथास्थान' चीजों को
प्राश्निक बन घूरता हूँ !

63)

लिखने बैठा हूँ
पर लिखूं क्या ?
मन की एक ही कसक
या
निज का एक ही दुःख
लिखूं तो लिखूं क्या ?

64)

मेरा जीवन मशरूम की तरह फला है
भीतर-भीतर गंदला है
बाहर से सुंदर रूप है
मशरूम की तरह से ही
मेरी कीमत भी उम्दा है
फफूंद लगे होने पर भी
मैंने खूब नाम कमाया है
देखो तो मेरा जीवन
मशरूम की तरह फला है !

65)

दुःख कभी प्रत्यक्ष रूप से
घटित नहीं होता,
न ही वह एक बार में पूरी तरह बीतता है
किसी सोमवार या गुरुवार की तरह,
वह तो बस रहता-रहता है कहीं हमारे अंदर
केवल छटता है किसी रोज बदलते चांद की आकृति की तरह
कम या ज़्यादा बनकर
रोज़ ही टीस बन उभरता है मन के भीतर !

66)

हे युद्ध में विजयी हुए योद्धा
तुम क्यों विजय का गीत छोड़
आज एकांत के गीत गुनगुनाते हो ?
अब जबकि तुम स्वामी हो एक विशाल भूभाग के
फिर तुम ये किसकी वेदना में घुले जाते हो ?

प्रश्न : क्या विशाल भूभाग के स्वामियों को भी कभी 'माँ' का दुःख
सालता है ?
क्या उनका हृदय भी कभी भीतर ही भीतर किन्हीं
दुर्बलताओं से घबराता है ?

67)

मन इतनी बार टूटा बारी-बारी से
कि एक दिन मैंने अपने भगवान ही नये बना लिए !

www.ingramcontent.com/pod-product-compliance
Lightning Source LLC
LaVergne TN
LVHW041545070526
838199LV00046B/1842
* 9 7 8 9 3 5 9 8 9 0 2 6 5 *